ODES SACREES

SVR LE TRES-ADORABLE
ET AVGVSTE MYSTERE DV
S. SACREMENT
DE L'AVTEL.

Par J. DE LABADIE, *Prestre*
& *Chanoine de l'Eglise de Sainct*
Nicolas d'Amiens.

A AMIENS,
Chez GILLES DE Goüy le Ieune,
Libraire, proche le Beau Puys.

M. DC. XLII.

AY A N T veu l'affection auec la‑
quelle tout le monde a escouté &
receu les discours du S. Sacre‑
ment, faits cette Octaue derniè‑
re par l'Autheur de ces Odes, en la Cathe‑
drale de nostre Ville. I'ay creu ces pieces
m'estant par bon heur tombées entre les
mains, que ie ferois plaisir au public de les
luy communiquer ; & qu'il ne les receuroit
pas auec moins d'affection que ses sermons,
quoy que ie sçache bien que ce sont pieces
destachées d'vn grand ouurage, & lesquel‑
les estans separées de leurs corps ne seront
peut-estre pas trouuées si belles qu'elles le
seroient, si elles ne paroissoient qu'à leur
place. L'importunité Saincte & la pieté de
de quelques amis les a tirées par force des

mains de l'Autheur ; en sorte qu'estant ve-
nuës auec assez de difficulté entre les mieñ-
nes. Moy ie n'ay pas eu difficulté de les faire venir en celles de tout le monde. Et ie
l'ay fait d'autant plus aisément que i'ay ap-
pris de tres bonne part que l'Autheur estoit
pressé de plusieurs endroits de mettre tout
l'ouurage au iour, pour lequel Messieurs les
Docteurs luy auoient des-ja donné des ap-
probations authentiques & nombreuses. Ie
ne fais que preuenir & contenter vn peu les
attentes & les desirs de beaucoup de monde, me seruant à propos du temps, auquel
les impressions qu'il a données de ce mystere sont encore fraisches ; bien aise si cecy
pouuoit seruir à l'obliger à donner au public la piece entiere.

L'INSTITVTION DE L'ADORABLE

Eucharistie par Iesvs-Christ Nostre
Seigneur, le soir de sa derniere Cœne. Declaration & preuues principales de ce grand
Mystere, institué pour faire que Iesvs demeure auec nous & en nous.

ODE I.

CES jours si grands & si funebres
Qui mirent Iesvs au cercueil,
Ces iours de mystere & de dueil,
Plus signalez par leurs tenebres
Que par leurs rayons languissans,
N'eurent pas approché de l'onde,
Qu'vn soucy de desirs pressans
Porta ce Grand ouurier du monde
A faire le soir de ce iour,
Le Chef d'œuure de son Amour,
A la veille de son supplice
Assis au beau milieu des siens,

Il fit teſtament de ſes biens,
En leur preſentant ſon Calice,
Et par vne inoüye Loy,
N'ayant rien de plus magnifique,
Ny de plus priſable que ſoy,
On le vit d'vn cœur extatique,
Et par vn transport d'amoureux,
Luy-meſme ſe donner à eux.

    Pour dreſſer ſa Table Royalle,
Il venois de faire arreſter
Par ceux qu'il y vouloit traiſter,
Les attours d'vne belle ſalle :
Mais quand bien les licts de Satin,
Et les riches Tapiſſeries
Euſſent manqué à ce feſtin,
Qui meritoit des pierreries,
La preſence d'vn Homme-Dieu
Euſt aſſez enrichy ce lieu.

    Entré qu'il fut dans le Cenacle,
Dont les luminaires heureux
Deuoient eſclairer de leurs feux
Son plus remarquable miracle,

Ses Disciples autour de luy
Prirent sur les couches leurs places,
Laissans par faueur à celuy
Qui auoit plus ses bonnes graces,
De se tenir seul hors de rang,
Prenant sa place sur son flanc.

    La Table ne fut pas couuerté
De l'Aigneau qu'on deuoit manger,
Qu'il se mit à leur presager
Les maux de sa prochaine perte,
Il leur dit qu'il alloit mourir,
Mais que pourtant sa prouidence
Resoluë à les secoürir,
Alloit leur laisser sa substance,
Comme un incorruptible mets
A les faire viure à jamais.

    Qu'estant sur le poinct d'un Mystere
Où l'excez d'un diuin amour,
Luy faisoit faire son retour
Dans l'Eternel sein de son Pere,
Et desirer de se loger
Dans cette amoureuse poictrine,

Qui sous l'habit d'homme estranger,
Luy servist tousiours d'origine:
Il vouloit par mesme chaleur
Se loger aussi dans la leur.

En suitte de cette Promesse,
L'excez d'une amoureuse ardeur,
Porta sa divine grandeur,
Iusqu'au centre de la bassesse,
Lors que ce Roy des Souuerains
Pour plus signaler ceste Feste,
Leur lauant les pieds de ses mains,
Porta sa precieuse teste
Du premier siege du repas,
Iusques sous les pieds de Iudas.

Apres cés excez adorable,
Qui rendit d'extase perclus
L'Apostre qui l'aymoit le plus,
Il se mit derechef à table,
Où prest à partager ses biens,
Il leua ses yeux à son Pere,
Puis se tournant deuers les siens
Opera ce diuin Mystere

Sur le pain que portoient ſes doigts,
Par la force de cette voix.

 Prenez, mangez, ma chere troupe,
Cecy & ce pain non plus pain
Que ie vous donne de ma main;
Et beuuez cette rare coupe,
C'eſt tout ce que i'ay de plus cher,
Prenez-le, mes amis ſans crainte
L'vn de ces preſens c'eſt ma chair,
Et l'autre eſt vne coupe ſaincte,
Où ſoꝰ les ſymboles du vin,
Ie vous laiſſe mon ſang diuin.

 Le temps eſt venu que l'ombrage
Faſſe place à la verité,
Que la nuict & l'obſcurité,
A la lumiere rende hommage,
Que les ſacrifices l'egaux,
Cedans leur place à des victimes,
Auſquelles ils ſont inegaux,
Au pouuoir de lauer les crimes,
L'Aigneau des hommes faſſe lieu,
A l'aigneau que ſubroge vn Dieu,

Il est temps que les Sanctuaires
Soyent dépoüillez de leurs rideaux,
Et que sans nüé & sans bandeaux
Se voyent à l'œil les mysteres,
Que la Manne & les autres Pains,
Qui n'ont servy que de figure,
A celuy que tiennent mes mains,
Changent de signe & de nature,
Et que leurs vuides Eslemens
Ne passent plus pour Sacremens.

   Les monceaux sanglans de victimes,
Ont esté pris iusques icy,
Mon Pere le voulant ainsi,
Pour des offrandes legitimes,
A present ie viens protester
Que ses yeux rendus plus propices,
Ne peuuent mes-huy supporter
La veuë de ses sacrifices,
Et qu'au lieu de tant d'aigneaux morts,
Il veut voir immoler mon Corps.

   Toutes ces victimes bannies
De la loy de mon Testament,

Je dois estre le supplément
De ces grandes ceremonies;
Ma chair immolée aux Autels,
Comme la souueraine Hostie,
Et mon sang dessus les mortels,
Coulant de mon Eucharistie,
Seront les presens desormais,
Par lesquels ils feront leur paix.

   Plus ny couteaux, ny eau boüillante,
Plus bœufs, ny moutons egorgez,
Ny sacrifices partagez;
Hostie morte, ny sanglante,
Plus de Prestres armez de fer,
I'en veux dont les seules paroles
Puissent faire fremir l'Enfer,
En produisant sous les symboles,
Celuy dont le diuin effroy,
Faiſt trembler les demons sous soy.

   Ie suis ce Messie de grace,
Cét enuoyé du Paradis,
Dont tant de Prophetes jadis,
Desirerent de voir la face;

Ce Roy de paix & de faueur,
Qui deuant plus porter la marque
De vray Pere & de doux Sauueur,
Que de formidable Monarque,
Viens bannir de ma Royauté,
Toute Image de cruauté.

　A part donc l'hostie legale,
Puis qu'enfin ie regne à mon tour,
Il faut qu'vne Hostie d'amour,
Propre à ma Prestrise Royale,
Et à la douceur de mes loix,
Accompagne mon sacrifice,
Et qu'au lieu de glaiue ma voix,
Remplisse de sang mon Calice,
Encor pour en oster l'horreur,
En veux-je couurir la couleur.

　En effect voila sous l'Image
Des especes d'vne liqueur,
Si fort mesme mon diuin cœur
Fuit l'apparençe du Carnage,
Et sous l'espece du repas,
Dont le monde se rassasie,

Que vous presentant les appas,
De mon sang au lieu d'Ambroisie,
Ie trempe d'heureuse façon,
Tous vos sens sous cette boisson.

    Mais quoy ! que pense vostre veuë,
Et quoy que iuge vostre goust,
Sçachez que l'espece du moust,
Ne sert à mon sang que de nuë,
Que ce n'est plus ny vin ny eau,
Mais que les diuines Fontaines,
Qui donnent cours à ce ruisseau,
Sont mes paroles & mes veines,
Et que ce qui coule en ces bords,
C'est le sang qui coule en mon Corps,

    De mesme, quoy que le sensible,
Et ce qui est moins raisonnant,
Aille en vous d'abord soupçonnant,
Que ce qu'il y a de visible,
N'est autre que le mesme Pain,
Qu'on a mis n'agueres sur table,
Sçachez qu'il s'est fait en ma main
Par ma voix mon Corps adorable,

Et que pour le cognoistre mieux,
Il faut renoncer à vos yeux.

C'est mon vray Corps, c'est ma Personne,
Que moy-mesme auant mon trespas
Dissous cét Auguste repas,
De ma main diuine vous donne,
Ce n'est plus du pain de froment,
Il a changé tout de substance;
Et dans cét heureux changement,
N'en retenant que l'apparence,
Ce qu'il a gaigné, c'est qu'au lieu
D'vn peu de pain il couure vn Dieu.

Pour en establir la creance,
Il faut animer vostre Foy,
Sur la verité de ma Loy,
Et la grandeur de ma Puissance,
Mon pouuoir est ma volonté,
Forts à surmonter tous obstacles,
Suffiront à vostre bonté,
Pour authoriser ces miracles;
La raison d'vn Dieu absolu,
C'est de l'auoir ainsi voulu,

Preuues principales de l'Eucharistie.

De douter qu'vne main diuine,
Qui a peu de sa seule voix
Qui luy seruit au lieu de doigts,
Donner aux Cieux leur origine,
Tirer du neant l'Vniuers,
Produire de rien toutes choses,
Auec tant d'ornemens diuers,
Les ayant du neant escloses,
Peust changer ces mesmes effects,
C'est douter qu'elle les ayt faits.

Celuy qui, iadis à sa guise,
Changea vne verge en serpent,
Et puis d'vn coleuure rempant,
En fit vn baston à Moyse,
Le bras qui selon le desir,
Et le courroux de ce Prophete,
Changea pour luy faire plaisir
De l'eau en sang à sa requeste,
De son mesme pouuoir diuin,
N'y peut-il point changer du vin?

Mais vous-mesme ma chere escole
Ne pouuez vous pas asseurer,

M'auoir veu n'aguère alterer,
Toutes choses à ma parole,
Seicher les arbres les plus verds,
Redonner vne vie entière
Aux corps des-ja rongez de vers,
Et demy pourris dans leur biere,
Ayans obey à ma voix
Quatre iours apres leurs abois,

    Mes Apostres est-il ouurage
De ceux que ie vous ay fait voir,
Qui ne vous oblige au deuoir,
De me rendre ce tesmoignage:
Les miracles que mes discours
Ont fait sur les paralitiques,
Qui ont rendu l'ouye aux sourds,
Et la raison aux phrenetiques,
Peuuent bien apres ces effects,
La donner aux esprits bien-faits,

    Souuenez-vous de Galilée,
Et de ce solennel repas,
Où pour ne deshonorer pas
Ceux qui auoient fait l'assemblée.

D'vn

D'vn mot ie changeay l'eau en vin,
Et concluez de ce prodige,
Si en moy ce pouuoir diuin,
Ioint à ma charité m'oblige
A faire à present moins pour vous,
Que ie ne fis pour ces Espoux,
  O que l'amour que ie vous porte,
A bien vn plus riche dessein,
O que les enfans de mon sein
Seront bien traictez d'autre sorte,
Puis qu'ils sont la chair de ma chair,
Et les enfans de mes mammelles,
Ie veux qu'ils les puissent lécher,
Comme des sources perennelles,
Et des tetins dont il me plaist,
Que mon sang coule au lieu de laict.
  C'est donc icy mon grand ouurage,
Apostres ma chere moitié,
C'est le traict de mon amitié,
De me faire vostre heritage,
Ie n'ay point de biens pour tester,
Qui soient differens de moy mesme,

C

Moy-mesme seul peux contenter
La Saincte ardeur dont ie vous aime,
Ainsi l'Amour fait que l'Amant,
Soit l'objet de son testament.

    De fait vous laissant en partage,
Ce que mon cœur a de plus cher,
Pour vostre pasture ma chair,
Et mon sang pour vostre breuuage,
Prenez moy, logez-moy dans vous,
C'est ce que i'attens à cette heure,
Que ie n'apperçois rien de doux,
Que le bien de ceste demeure,
Qui me doit seruir de renfort
Contre les forces de la mort.

    Car encor que cette barbare,
Qui s'attend de cueillir demain,
Ma vie de sa rude main,
De vos prunelles me separe
Par le moyen du Sacrement,
Auquel à iamais ie vous donne
Sous les voiles d'un aliment,
Ma Chair, mon Sang & ma Personne,

Nonobstant sa force & ses coups,
Ie seray tousiours auec vous.

Pour mieux establir ce mystere,
D'un inseparable seiour,
Voicy le pouuoir que l'amour,
Amis à iamais vous confere
Ie vous fais par mon testament,
Prestres de ce grand Sacrifice,
Dont iamais aucun changement,
Ne peut aneantir l'Office,
Où desormais vous empescher
De changer du pain en ma chair,

Receuez mesme la puissance,
Quand i'habiteray dans les Cieux,
De produire dans ces bas lieux
Ma réelle & vraye presence,
Quand vous redirez sur le pain
Les mots que vous venez d'entendre,
Vous me verrez dans vostre main,
Sur le champ sans faillir me rendre,
Et ce qui passe tous efforts,
De vos mains passer en vos corps.

Par là vous aurez l'auantage
De me tenir, de me loger,
De me voir & m'enuisager,
Sous les rideaux de ce nuage,
De me lier par vostre Loy,
A vne comestible espece,
Et vous tenir aupres de moy,
Pour animer vostre foiblesse,
Ne desistant pas de m'auoir,
Bien que vous ne me puissiez voir.
    Voila mes amis mon mystere,
Voila le dessein que l'amour,
Execute deuant ce jour,
Qui me va conduire à mon Pere,
Honorez bien ce Sacrement,
Ie vous le donne comme gage,
Comme hostie, comme aliment,
Et comme eternel tesmoignage,
Que i'ay sçeu & peu vous quitter,
Sans cesser en vous d'habiter.
    Chacun de vous ordonné Prestre
Du Sacrifice de mon Corps,

Propice aux viuans & aux morts,
Ne perdra iamais plus son maistre,
Il sera dans vostre pouuoir,
Au lieu le plus desert du monde,
De me produire & de m'auoir,
Soit sur la terre, soit sur l'onde,
Ce Sacrement mysterieux,
Me pouuant mettre en diuers lieux.

   Vous m'aurez toute vostre vie,
Et vos enfans à l'aduenir,
Auront le bien de me tenir,
Et de souler la saincte enuie,
Que vos discours leur donneront,
De iouïr de ma saincte Essence,
Rauis du bon-heur qu'ils auront
D'en auoir par vous la presence,
Et de iouïr de mes appas,
Les mil ans aprés mon trespas.

   Ainsi ne pleurez point ma perte,
Chere troupe, ce sacré mets
Fera, croyez-moy, que iamais
Vous ne vous trouuerez deserte.

Pour me perdre d'vne façon,
Vous me possederez sans nombre,
Les voiles de cette boisson,
Et de ce pain me seruant d'ombre,
I'ay fait pour vous recompenser
Que ie m'en vay sans vous laisser.

DEVOIRS DE PIETE ET DE
recognoissance vers I E S V S , demeurant
auec nous & au milieu de nous par ce Mystere, auec vne declaration des aduantages qui
nous reuiennent de sa demeure.

ODE II.

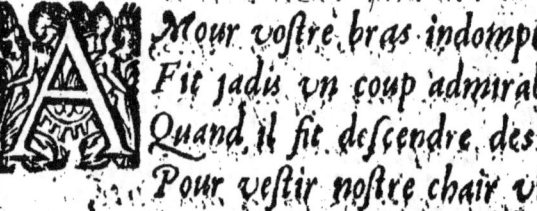

AMour vostre bras indomptable,
Fit jadis vn coup admirable,
Quand il fit descendre des Cieux,
Pour vestir nostre chair visible,
Vn Dieu qu'vn iour inaccessible
Rendoit inuisible à nos yeux,
Cette signalée Victoire,

Vous acquît ce comble de gloire,
D'auoir peu garrotter les mains
A vn Dieu armé de colere,
Et de juge irrité le faire
Le Sauueur mesme des humains.

Mais, ô que vos flammes heureuses
Ont bien paru plus vigoureuses
En ce dernier coup de vos doigts,
Où vous faites porter des marques
A ce Roy mesme des Monarques,
De subir vos plus rudes Loix.

Pour faire que iamais Theandre
Ne peust de nos mains se déprendre,
Et se desunir de nos cœurs,
Vous auez vny sa Personne,
Au mets que vostre main nous donne,
Et aux coupes de vos liqueurs.

Iadis par ce premier mystere,
Il paroissoit plein de lumiere,
Produisant mille beaux exploits,
Icy son Corps est en tenebre,
Sans operer rien de celebre,

Ce semble de ses puissans doigts.
   Alors vne aggreable face,
Luy donnoit cette bonne grace,
Dont les traicts estoient rauissans;
Icy la chetiue apparence,
Dont il affuble sa substance,
Reuolte contre luy les sens.

   Vne grandeur Royale & iuste,
Vn port, vne démarche auguste,
Le faisoient admirer alors;
Et maintenant la petitesse,
Dont chaque membre en luy se presse,
Faict quasi honte à tout son Corps.

   Amour, vous auez esté forte,
Il faut l'aduoüer de la sorte,
Establissant ce Sacrement;
Pour faire ce coup adorable,
Vous auez bien deu estre aymable,
Et IESVS estre bien aymant.

   Autrefois pour le voit, les Villes
Le suiuoient iusques dans les Isles,
Où parfois il alloit prescher;

Et les lieux des bois les plus sombres
N'auoient point d'assèz noires ombres,
Afin de le pouuoir cacher.

    Tantost on couuroit les campagnes,
Tantost on grimpoit és montaignes
Pour joüir du bien de ses yeux,
Et toute sorte de malades,
Qui guerissoient à ses œillades,
Peuploient iusqu'aux plus deserts lieux.

    L'eau n'estoit pas assez sauuage,
Ny la peur d'y faire naufrage,
Suffisante pour destourner
Ceux qui parmy les precipices,
Trouuoient mesme les artifices
De le venir enuironner.

    Afin d'honorer son merite,
Trois iours supportez à sa suite,
Sans auoir pris ny vin ny pain,
Dans vne terre solitaire,
Ne peurent iamais les distraire
De l'objet qui causoit leur faim,
    Un appetit de sa parole

D

Les eust faict courir tout un pole,
Cent fois plustost que rebrousser,
Oüir sa voix, voir son visage,
C'estoit és trauaux d'un voyage,
Se nourrir & se delasser.

Heureux celuy qui pour reuiure,
Pouuoit dans les deserts le suiure,
Heureux qui parmy ses discours
Pouuoit flater sa souuenance,
D'auoir receu de sa presence
Quelque gage de ses amours.

Heureux qui dans une bourgade
Recueilloit une douce œillade,
De ses yeux qui faisoient les Saincts,
Heureux entre la populace
Qui auoit obtenu la grace,
De toucher ses pieds ou ses mains.

Plus heureux qui dans son village,
Apres les trauaux du voyage,
Pouuoit sur le soir le loger,
Luy presentant pour ordinaire,
Apres un jour de jeusne austere,

Un morceau de pain à manger.

   Pour cela l'Egypte est aymable,
Bethleem en reste adorable,
Nazareth, & tant d'autres lieux,
Où jadis il fit sa demeure,
Pour cela passent à cette heure,
Parmy nous pour de petits Cieux,

   Pour cela Marthe a de la gloire,
Dans les monumens de l'histoire,
Pour cette mesme occasion,
L'honorable Chastelainie,
Qui le receust en Bethanie,
Est plus illustre que Sion.

   Amour, à quoy bon ce langage,
Si ce n'est pour servir d'hommage
A de plus estranges effets,
Qu'en operant l'Eucharistie,
Sur le moindre poinct d'une Hostie
Vostre bras adorable a faits.

   Que sont tous ces rares ouvrages,
Au prix des heureux avantages,
Que nous donne ce sacrement,

Les yeux qui voyoient sa presence,
Les lieux qui auoient sa substance,
L'auoient-ils pour leur aliment?
    Es contrées les plus steriles,
Aussi bien que dedans les villes,
Ne jouïssons-nous pas de luy?
Et pour posseder sa personne,
    Au lieu où ce mets nous la donne,
En depossedons nous autruy?
    Y a-t'il de lieux si champestres,
Qui n'ayent leurs Autels & leurs Prestres?
Y a-t'il si petit sejour?
Y a-t'il desert si sauuage
Où presque si petit village,
Où ce Roy ne tienne sa Cour?
    Si on l'auoit-elle à toute heure,
Comme en nous il fait sa demeure,
L'auoit-elle en toutes saisons?
Nuict & iour le possedoit-elle
Par vne demeure eternelle,
Comme il demeure en nos maisons?
    Tenoit-il bon dans ses Cenacles,

Comme il fait en nos tabernacles,
Et pouuoit-on bien s'approcher
Außi aisément de sa veuë,
Comme à present sous cette nuë
On prit le voir & le toucher?

    O Dieu! à present sa personne
De tous costez nous enuironne,
Et mesme est-il bien des endroits
Dans vne peuplade nombreuse,
Où il fait sa demeure heureuse,
Dans plus de cent lieux à la fois.

    Enfin il loge ce Dieu-Homme,
Prés qu'en tous les lieux où nous sommes,
Si que l'on peut bien asseurer,
Qu'en tout nous vainquons la Iudée,
Si ce n'est peut-estre en l'idée,
Comme elle de le reuerer.

    Dieu logé dans l'Eucharistie,
Ne prenez vous point à partie
Tous ces sacrileges mortels,
Qui au milieu des Tabernacles,
Viennent profaner vos miracles,

En deshonnorant vos Autels?

 Comment estes vous dans ce Louure,
Où un foible rideau vous couure,
Renfermé dans vostre Palais,
Et supportez-vous que des traistres,
Osent se comporter en maistres,
Où ils ne seroient pas valets?

 Décochez de vostre Cybôire
Quelque rayon de vostre gloire,
Comme un dard qui les perce à iour,
Et faictes que des temeraires,
Experimentent vos coleres,
Puis qu'ils méprisent vos amours.

 Lancez de vos yeux un tonnerre,
Qui les abysme sous la terre,
Puis qu'ils souillent vostre maison,
Et de cette douce ambroisie
Qui redonne aux autres la vie,
Faites leur un mortel poison.

 Quoy! un Dieu remplit cette Eglise,
Et un homme un ver la méprise,
IESVS Roy y faict son seiour,

Et tous ceux de son esclauage,
Viennent si peu luy rendre hommage,
Et luy faire si peu la Cour.

    Monseigneur, il seroit trop juste
Qu'autour de vostre throsne auguste,
On passast les nuicts & les iours,
Et pour vous tenir compagnie,
Qu'vne telle ceremonie,
Desertast toutes autres Cours.

    Il seroit par trop raisonnable,
Que sous vostre Corps adorable,
Tout autre fléchist le genoux,
Et que l'ordinaire posture,
De la plus haute creature,
Fut de s'abbaisser dessous vous.

    Si piqué d'vne viue flame,
Ie pouuois conuaincre toute ame,
Sur la majesté de ce lieu,
Et sur le respect que merite,
La demeure la plus petite,
Qui a l'heur de loger vn Dieu.

    Helas ! I B & V S. quel aduantage

De m'employer à cét vsage;
Et quel contentement d'esprit,
Si mesme vne petite enuie
D'honorer vostre Eucharistie,
Estoit l'effet de cét escrit.

DEVOIRS D'HVMILITE' VERS
Iesvs, demeurant en nous par ce mystere, auec aduoeu d'estre indignes de cette grace, & de cette demeure.

ODE III.

Ainct Amour! quel excez de
grace,
Que ce grand Verbe qui jadis,
Sortant du sein du Paradis,
Prist au sein de Marie place,
Vüeille par des Amours plus forts,
Prendre place au sein de mon Corps.

Ie veux que ce premier Mystere
L'aye obligé de nous toucher,

Iusqu'à

Iusqu'à penetrer dans la chair;
Cét effect sembloit necessaire:
Mais à prendre en moy son seiour,
Il n'y a qu'un excez d'amour.

Sa grace me pouuoit suffire,
Son assistance & ses discours
Me pouuoient nourrir tous les iours,
Sans subir ce nouueau martyre:
Mais iamais ma necessité
N'a sçeu borner sa charité.

Il a tousiours passé les riues,
Et franchy pour l'amour de moy,
Tout ordinaire train de Loy,
Par des bontez trop excessiues;
Et n'a eu par droict absolu,
Pour loy que ce qu'il a voulu.

Voyez à quel poinct sa pensée
A porté son aymable cœur,
De faire son Sang ma liqueur,
Et son Sainct Corps ma panacée,
Ordonnant que son Paradis,
Logeast dans mon pauure taudis.

B

Ô Dieu! quand il vint en Marie,
Toutes choses l'y appelloient,
Toutes les vertus y brilloient,
Plus qu'une riche pierrerie;
Et il ne descendit des Cieux
Que pour se loger encor mieux:

L'innocence de cette Dame,
Son zele, son integrité,
Son admirable charité
Luy faisoient preferer son ame,
A tout l'auguste logement
Que possede le Firmament.

La Foy qu'elle apportoit à croire,
L'ardeur d'obeyr à ses loix,
Et la vaillance de ses doigts
Luy aggreoient plus que sa gloire;
Tout le Ciel auec son azur,
N'auoit pas vn lustre si pur.

Ses accomplissemens estranges,
Et les ardeurs de son Amour,
Luy faisoient priser son sejour,
Au dessus de celuy des Anges.

Et il trouuoit de plus beaux feux,
Dans elle que non pas dans eux.

  Les Seraphins n'estoient que glace,
Au prix de sa diuine ardeur,
Les Trosnes n'estoient que laideur,
Au prix des beautez de sa face,
Et ils perdoient leur netteté,
Comparez à sa pureté.

  Dans cette maison Virginale,
IESVS trouuoit bien autrement
Les plaisirs de son logement,
Que dans mon cœur puant & sale,
Et y auoit pour sommeiller
Un bien plus charmant oreiller,

  O de quelle douceur diuine,
Couché Vierge sur vostre flanc,
Suççoit-il cét aymable sang,
Qui couloit de vostre poictrine?
Et se nourrissoit-il du miel
Qui tomboit de ce nouueau Ciel?

  Quel plaisir auoit ce Theandre,
Se voyant tout enuironné

Du lict que vous auiez donné
A son Corps au lieu le plus tendre,
D'y faire vn sommeil plus doüillet,
Que sur la rose & sur l'œillet.

　　Ainsi ce ne fut pas merueille
Si ce Dieu choisit aisément,
De faire son beau logement
Dans cette Vierge nompareille,
Dans l'Ange le plus glorieux,
Il ne se fust pas logé mieux.

　　Mais qu'il aye choisi pour son Louure,
Ma contemptible Humanité,
Et que sa grande deité,
De ma petitesse se couure,
C'est executer vn desir,
Qui n'a raison que son plaisir.

　　Au lieu d'vn logis de delices,
Ie ne suis qu'vn sombre seiour,
Priué de chaleur & de iour,
Et vne sentine de vices,
Et au lieu d'estre sa maison,
Ie suis que ie croy sa prison.

Dans ma tres-indigne poictrine,
Où ce Monarque s'est logé,
Tout y estant tres-mal rangé,
Il ne couche que sur l'espine,
Et au lieu de roze & de lys,
Il n'a que mes pechez pour licts.

O I E S V S ! mon ame est blessée,
Dés que cette comparaison,
Qui choque du tout ma raison,
Vient à me frapper la pensée,
Et ie ne puis point conçeuoir
Ce que vous me faites auoir.

Mais enfin s'il y a du crime,
Vous en porterez la moitié,
Un excez de trop d'amitié,
Faict ce coup presque illegitime,
Vous estant vous mesme obligé
De vous trouuer si mal logé,

DEVOIRS DE IVBILATION

& d'Amour vers I e s v s, participée en l'Eu-
chariſtie par forme de familier entretien,
Et comme par tranſport d'yureſſe ſacrée,
dont l'ame peut eſtre eſpriſe apres ſa par-
ticipation.

ODE IV.

Iuin Amant, celeſte Eſpoux,
Amy que te donnerons nous
Toy t'eſtant donné à nos ames,
N'ayant point dequoy t'egaller,
Nous deſirons te regaller,
D'vn banquet de cœurs & de flames.

Nos cœurs roſtis ſur tes Autels,
Au feux de tes rays immortels,
Te ſeront d'vn gouſt delectable,
Te doit-on refuſer ce bien,
Puis que pour nous nourrir du tien,

Tu nous le sers dessus ta table?

   Au lieu d'eau, de laict & de vin,
Tu nous donnes ton Sang diuin
A gouster, à succer, à boire,
Il n'en auoit pas la couleur:
Mais la foy jointe à sa chaleur,
Nous la bien-tost fait ainsi croire.

   A sentir l'odeur & le goust,
Cette liqueur sembloit du moust,
Le sens le jugeoit de la sorte:
Mais l'esprit d'vn Palais plus sain,
A trouué ton Calice plein
D'vne liqueur beaucoup plus forte.

   D'vn sens plus rassis & plus meur,
Sentant ie ne sçay quelle humeur,
Espaisse, gluante, & succrine,
Par ton charbon purifié,
C'est du sang (s'est-il escrié)
Et du Sang d'vne chair diuine.

   S'en est, ie le sens, ie le voy,
C'est du sang, fiez-vous à moy,
Sa chaleur me pique & m'allume,

Pour le croire il faut l'aualler,
Le cœur resent son feu couler,
Alors que la bouche le hume.

C'est ce vray sang duquel jadis
Ce Dieu venu du Paradis,
Abbreuua sa sacrée troupe,
Et le soir qu'il le presenta,
Chaque Apostre qui banqueta,
Beut son Maistre en beuuant sa coupe.

Ils le beurent, nous le beuuons,
De ce sang nous nous abbreuuons,
Sans que pourtant il s'amoindrisse,
Amant mille en prennent du coup,
Et pourtant pour boire beaucoup,
On n'espuise point son Calice.

N'appellons plus cela du vin,
Car c'est le mesme Sang diuin
Qui coule à present dans ses veines,
Il semble qu'on en prend fort peu,
Et cependant on a receu
Tout celuy dont elles sont pleines.

Ont succé son humanité,

Auecque

Auecque tant d'auidité,
Que chacun te l'espuise toute,
Et on vold tellement ton Sang,
Qu'on croit que desormais ton flanc
N'en doit plus audir vne goutte.

    Cependant auec quelque goust,
Qu'on pense te l'espuiser tout,
On le laisse tel qu'on le donne,
Et apres t'auoir bien mangé,
On trouue que tu n'est changé
En rien qu'y soit de ta personne.

    Tu restes (immortel Espoux)
Et tout à toy, & tout à nous,
Pour se souler de ta substance,
Pour t'aualler à pleins ruisseaux,
Et te manger sous ses morceaux,
On n'altere point ton essence.

    Dis Espoux, dis nous cher Amant,
Quel estrange renuersement
Est celuy que faict ce mystere,
Ton amour prendra-t'il plaisir,
Qu'on luy conte icy à loisir
Tout ce que son banquet opere,

B

En premier lieu.pour ſa liqueur,
Ie dis qu'elle r'anime vn cœur,
L'eſchauffe de ſorte & l'enyvre,
Que quand il ſeroit des-ja mort,
Il ne luy faut que ce renfort,
Afin de le faire reuiure.

Il viſt, & il viſt à iamais,
Quand il eſt nourry de ce mets,
Et tandis qu'il t'a pour ſon hoſte,
Il n'apprehende ny poiſon,
Ny ſyncope, ny pamoiſon,
Ayant ton Sang pour antidote.

Parfois cette ſaincte liqueur,
Immonde heureuſement ſon cœur,
Et m'y fait faire vn doux naufrage,
Et d'autrefois à la faueur
Du ſupport des flots du Sauueur,
Il le faict ſauuer à la nage.

Mais croirois-tu que d'autres jours,
Ce Sang le porte à des amours,
Qui le mettent dans des ſaillies,
Qui feroient prendre ces effets,
Si ce n'eſtoit que tu les faicts

Pour d'extrauagantes folies?

    D'autrefois ce celeste moust,
Prenant ce cœur le brusle tout
D'vne si vehemente flame,
Que par redondance au dehors,
De ce feu du dedans son Corps,
Brusle aussi bien que fait son ame.

    O amour! à quel sainct excez
Ne porte-t'il mes sens blessez,
Quand mon esprit le laisse faire:
Mais (amy) tu sçais que ce poinct,
Ne se sçait ny ne se dit point,
Et que sa grandeur le faict taire.

    Que si ie dis en second lieu,
Ce que fait la chair de ce Dieu,
Lors que mon ame la deuores,
(Amour) apres ce grand dessein,
Pourras-tu tirer de ton sein,
Quelque mot pour parler encore.

    Dis donc amy de quels morceaux
Magnifiques, fares & beaux,
Nourris-tu mon ame affamee,
De quel miel, de quel ambre gris

A quel sepulce, & à quel prix
Festines-tu ta bien aymée?

　Le Nectar le meilleur des Cieux
Est-il bien si delicieux,
Que le pain que tu me presentes,
Et là haut en cet heureux lieu,
Où l'on banquette au sein de Dieu,
Est-il de viande plus charmante?

　Tu me donnes un mets bien cher,
En me donnant ta propre chair,
(Ce mot me met dans le silence)
De fait l'oseroit-on penser,
Si l'on ne craignoit d'offenser
L'excez de ta toute puissance.

　Pour ce qu'on sçait que ton amour
Peut mettre ce qu'il veut au jour,
Et que tu aymes sans mesure,
On croit que l'excez de ton feu
L'ayant voulu faire l'a peu
Contre toute loy de nature.

　Tu as dit qu'il estoit ainsi,
L'ayant dit, on le croit aussi,
Et ton infaillible parole

Persuade l'esprit humain,
Que ton Corps est dessous ce Pain,
Bien qu'il n'en voye qu'un symbole.

L'œil du corps void une rondeur,
Une figure, une Grandeur,
Une saueur vient à la bouche
Semblable à celle de froment,
Et toutesfois l'entendement
Croit autrement que l'œil ne touche.

J'y sens (ô amy) ton odeur,
J'y vois tes yeux & leur splendeur,
Ta diuine Onction m'embasme,
Et peu s'en faut qu'à ton aspect,
Ou de plaisir, ou de respect,
Lors que tu parois je ne pasme.

Mais je laisse-là ces effets,
Que par ta presence tu fais,
Pour parler auec moins d'emphase,
Et te dire lors qu'aux Esprits,
Tu fis un present de tel prix,
N'estois-tu pas bien en extase,

N'estois-tu pas dans le transport
D'un amour violent & fort,

Qui te fit sortir de toy-mesmes,
Et te fit toy-mesme quitter,
Afin de pouuoir habiter
Dans le cœur de l'ame qui t'ayme.

Tu te fis petit, racourci,
Dedans toy-mesme restraissi,
Caché sous vn petit nuage,
Mettant pour l'amour des humains,
Tes pieds, ta poictrine, & tes mains,
Au lieu où estoit ton visage.

Le vin de l'amour (dis le vray)
T'auoit fortement enyuré,
Et lors ton ame confuiée,
D'vne diuine pasmoison,
Allant par dessus la raison,
Agist en entousiasmée.

Pour l'amour de nous (ô cher Roy)
T'estre asseruy sous cette Loy,
Que de loger en nos poictrines,
N'est-ce pas quasi offenser
Ou pour le moins bien abbaisser,
O amy, tes grandeurs diuines?

O mon cher frere que l'amour,

Qui te faict prendre ce seiour,
Doit estre d'vn pouuoir estrange,
Qui te faict toy qui es vn Dieu,
Descendre & viure dans vn lieu
Où ne voudroit pas viure vn Ange,

    Tu te fais manger aux humains,
Tu te fais toucher à leurs mains,
T'incorporer dans leur substance,
(O amy) pour faire ces coups,
Qu'il faut que tu sois vn espoux
D'vne estrange condescendance.

    Nous te mangeons, nous te suçons,
Nous te traictons en cent façons,
Or comme Espoux, or comme Freres,
Et il semble que c'est à toy,
Passant par tout par nostre Loy,
De pastir, & à nous de faire.

    Si nous tombons en pasmoison,
Nostre remede est ta boisson,
Tu nous nourris & nous r'enforces,
Nous ne cessons de te lécher,
Et nos cœurs tirent de ta chair
Leur vie, leur suc, & leur forces.

Si fidelles font tes amours,
Qu'auſſi toſt tu viens au ſecours,
Et ſort viſte de ton Cyboire,
En diſant ; Qui a faim de moy,
ça qui me veut loger chez ſoy,
M'auoir, me manger, & me boire.

   O amy ta dilection
N'eſt elle pas la paſſion
D'vn Dieu tranſporté de ſoy-meſme,
N'y a-t'il pas là de l'eſſor,
Du vol & de l'entrée encor,
Hors de chez ſoy dans ce qu'on ayme.

    En effect par ces grands tranſports,
Tu viens habiter dans nos corps,
Et delaiſſant ton Sanctuaire,
Sortant d'vn logis tout doré,
On v<i>o</i>id que tu t'es retiré
Dedans vn logis de miſere.

    Tu t'es toy-meſme ainſi reglé,
C'eſt l'amour qui t'a aueuglé,
(Amy ſouffre que ie le die)
Tu n'as peu choiſir de ſejour,
Que t'a faict eſlire l'amour,

              Qu'aueuglé

Qu'aueuglé de son incendie.

   O mon frere, apres tant d'excez,
Quand diras-tu que c'est assez?
Quand prescriras-tu des limites,
A vn amour & à vn feu,
Qui dés long-temps en a receu,
(S'il vouloit) de nos démerites?

   Voy où l'amour (ô Sainct des Saincts)
Excessif dedans ces desseins,
A reduit ta grandeur diuine,
Voy qu'il t'a si peu respecté,
Que de loger ta pureté
Dans la boüe d'vne poictrine,

   Mais qui feroit-on? c'est vn tour,
Amy, que t'a joüé l'amour,
C'est vne passion loüable,
Qu'y feroit-on? l'on sçait assez,
Que quand l'amour fait des excez,
L'Amour est tousiours pardonnable,

   Ioüissons en tant seulement,
Sois (cher amy) nostre aliment,
Remplis nos cœurs, soule nos bouches,

Sois nos morçeaux, & nos boiſſons,
Et nous nous ſerons tes maiſons,
Tes Sanctuaires & tes couches.

   Mais cher Amant, celeſte Eſpoux,
Amy, que te donnerons-nous,
Toy t'eſtant donné à nos ames,
N'ayant point dequoy t'eſgaller,
Au moins faut-il te regaller,
De nous-meſme & de nos flames.

   Amy, chez-nous comme chez toy,
Comporte t'y en parfaict Roy,
Prends y ce qui t'eſt aggreable,
Vis y comme en ton logement,
Et choiſis y abſolument
Ce que tu voudras pour ta Table.

   Prends noſtre ſang pour ta boiſſon,
Fais t'en du vin à ta façon,
Prends nos ſouſpirs, ſuçe nos veines,
Prends nos larmes à te laver,
Ie ne voy point pour t'abbreuuer
Que nous ayons d'autres fontaines,
   Daigne ſeulement receuoir

Corps, ame, faculté, pouuoir,
Tout es à toy, tu en es Maistre,
Ne te mets en peine de rien,
Tu n'est chez-nous que dans ton bien,
Et où tu as tout pouuoir d'estre.

  Passez y les nuicts & les jours,
Enyure t'y de nos amours,
Prends y ton sommeil & tes poses,
Pour t'y faire mieux sommeiller,
L'amour t'y dresse vn oreiller,
De fueilles de lys & de roses.

  Couches y, dors y, manges y,
Nous t'auons pour Espoux choisi,
Afin de joüir de ta face,
Afin de joüir de tes yeux,
Et que sans chercher d'autres lieux,
Nous fussions nous mesme ta place.

  Qui si nostre chetiue chair
T'estoit vn mets si doux & cher,
Que la tienne l'est à nos ames,
Si tu la daignois aualler,
Nous te voudrions autant souler

De noſtre chair que de nos flames,
  Et ſi pour te donner ce mets,
Aſſaiſonné à ton Palais,
Il falloit qu'il fuſt cuit, nos ames,
Afin de t'en pouuoir ſouler,
Trouueroient moyen de bruſler
Leur chair à l'ardeur de tes flames,
  Sois enfin en nous, nous en toy,
Soyons vn par commune loy,
Vluons de vie mutuelle,
Deuore & change nos eſprits,
Faict nous autant de IESVS-CHRIST,
Que nous mangeons de tes parcelles.
  Prends nous amy, mange nos cœurs,
Aualle toute nos liqueurs,
Transforme nous en ta ſubſtance,
Fais le pour le moins en amour,
Si tant eſt que ce pur retour
Ne ſe puiſſe faire en eſſence,

FIN.